フレップの実

井川 仁

文芸社

フレップの実○目次

序章

　フレップというのはコケモモのアイヌ名だと或るご婦人から聞いて走馬灯の如く私の半生を思い出した。それは母の手作りジャムが甘酸っぱくロシアの黒パンと良く合い、私の古びた記憶を呼び起こしてくれたからだ。

　少年の頃、私は何不自由なく両親の愛情をいっぱい受け、特に病弱であったこともあり、第二次世界大戦の直前にも関わらず、そして父が公務員であったせいもあり、衣食住のみならず私の動物好きを充分に満たしてくれる環境に恵まれ、カラフト犬の〝クマ〟を始めカナリア、ウソ、文鳥等の小鳥を飼い、それらの習性に人間とは異なる面白さを日々感じていた。

そして昭和二十年になると戦争は日増しに激しくなり、家族を思う父の考えで小樽に近い日本海側の小さな漁村に疎開を余儀なくされた。その村は横間村という人口三〇〇人足らずの、海岸線に沿って民家がへばり付いている小さな村だった。

しかしながら、この村での経験が、私の医学への道の原点になるとは、その時は予想だにしていなかった。

疎開先は母の実家で、祖父と後妻のお婆さんと叔母が出迎えてくれ、まるで実の子のように優しく抱きしめてくれた。小学校二年生であった私が、戦争のことをすっかり忘れてしまう程であったのは、その親戚の優しさと、初夏の日本海の美しさのためであったのかもしれない。

　叔母は、私が釣り好きな少年であることをよく知っていたので着くや否や船着場へつれていってくれた。そこには多くの少年がはしゃぎながら鰯釣りに興じていたが、編み上げの革靴を履き純白の開襟シャツを着た私を村の少年達はまるで異邦人でも見るかのような眼差しで眺め、そしてヒソヒソと話し始めたのを見て、私はこれからの生活に不安を禁じえなかった。案の定、その中のガキ大将らしき少年がやって来て、とても聞き取りにくい訛りのある浜言葉でぶっきらぼうに言葉を吐いた。どこから来たのかと聞いているようであった。私は、野蛮人に囲まれた宣教師のような心境で「よくわかる言葉で話してください」と答えると彼らは一斉に私の声色を真似て囃子《はやし》たてた。私はいたたまれなくなり、泣きながら家に帰った。

その後も地元の少年達にはなかなか馴染めずにいたが、終戦が近づくにつれ、親類の子供達がどんどんこの村に疎開して来た。

その中でも二つ年上の弘とはなんとなく気が合い、行動を共にするようになった。通学のみならず、放課後もいろいろな遊びを考え、一日が短く感じ、楽しい日々を送っていた。中でも祖父の蔵の中で見つけた古い空気銃に歓喜してその弾を作るのに試行錯誤、苦心した思い出は今も忘れられず、何度も失敗しながら鉛を溶かしては新聞紙の鋳型に流し込み、やっと銃の口径に合った弾を作れた時の快感は今も忘れることができない。ぴたりと合った弾を銃に込めて雀や鳥を撃つ遊びをしたが、命中率は悪く獲物は全く得られなかった。しかし、気の合う弘と一緒にそんな冒険的な遊びをする日々が楽しくてたまらなかった。私達は秋になると山を歩き、木の実やどんぐり、栗、山ぶどう、ぐみの実などを拾い集めては食べて遊んだ。空腹を満たす意味もあったため、時にはそれまで見たこともないような木の実を食べ、下痢をしたりして母親に叱られることもあった。子供の無邪気な冒険心に大人は手をやいていたようであった。

そして冬のある日、二月初旬の吹雪が激しい午後の下校時、弘が腹痛を訴えて歩けなくなった。しかも、下痢をしてズボンは濡れて異臭を発し、寒さのためガタガタと震え出したのだ。突然のことに私は驚き、半分べそをかきながら自分の上着を弘に着せ、吹雪の中、大人の助けを呼ぶために家の方へ向かって走った。普段なら五分程度で辿りつく道のりが焦りと吹雪のためにとても遠く感じた。私が大声で弘のことを伝えると、すぐに親戚の人だけでなく隣近所の人々が駆けつけてくれ、すぐに馬車で隣の村の診療所へ弘を運んだ。

病名は赤痢であった。

我々の疎開した村は無医村であったので心配して弘を見舞った村の人々は、民間療法というのだろうか糞尿の溜まった肥溜めの中に竹の筒を差込み、そこに溜まった滲出液を薬と称して弘に飲ませていたが、少年の私の目から見てもその光景は異様で納得できず大人達に猛然と食ってかかったのをよく覚えている。

弘の容体は日に日に悪化し、事態を重く見た村人達は十里あまり離れた町より医師を呼んだ。

三日後、吹雪の中、馬車でやって来たその老医師は何の処置も施さず、一週間後に弘は死んだ。

初めての死との出会いだった。

口惜しかった。

村人達は老医師に口々に礼を言い、沢山の御馳走をふるまっている中、部屋の隅に小さくなった弘の遺体が横たわっていた。たまらなく、とめどなく涙が流れた。

その時私は「医者になって人の命を救いたい」と漠然と思った。しかし当時は死を正しく理解できず「どうして死ぬと話をしなくなるの」等と幾度となく大人達に尋ねていた。死が正しく理解できるようになったのはそれからずっと後のことである。当時は、精神と肉体との分離がどうしても理解できなかったのだ。

弘の死から数日後、私はまたいつものようにそんな質問を母にぶつけていた。母は手作りのパンもどきにフレップのジャムを塗りながら「そんなに難しいことが知りたいのなら、一生懸命勉強して人が死なないようにしてね」と言った。

疎開先の学校では、複式学級で二年生と五年生が同じ教室で一人の教師が受け持ち、教えていた。私は当時二年生であったが、五年生の授業も面白く、先生の問いに最初に手を挙げて答えて先生に度々誉められていた。けんかでは力が強く丈夫な漁村の子供達になかなかかなわなかったが、学業の好奇心は強かったように思う。村の子供達と喧嘩をして、打ちのめされ泣きながら家に帰ることも度々あったが、そんな時母は「喧嘩が強くても、これからは世の中の役にはなりませんよ。それより好きな勉強を一生懸命して偉くなって見返してやりなさい。お父さんは子供達が元気でお勉強しているのを願ってお国のために戦っているのですよ」と優しく諭してくれたものだった。

医学部に入ってから学んだことだが、人間には三つの心があるという学説がある。それは一、Parent（両親）二、Adults（成人）三、Children

（子供）そして、その三つの心は人が成長していく過程で環境や風土や習慣を通して様々な経験をすることによって形成されていくのだが、私はこの海辺の村での体験によってAdultsの心が阻害されてしまったように感じている。しかしそれは人間としての幸せとは別問題で、むしろ幸せなことかもしれない。

戦争が終わり、父が帰国した。父は暫くは仕事を探すでもなく、釣りをしたり私を連れて山歩きをしたり覇気のない生活をしていた。二ヶ月遅れで弘の父も帰国した。叔父が弘の位牌を抱いて号泣する姿に親戚一同ただ言葉もなくただ皆貰い泣きするだけであったが、母親代わりをしていた叔父の妹が自分の落ち度だと詫びている姿は痛々しく、周りの涙を一層かった。私はもう弘が存在しないことを納得するようになっていた。

そして、フレップの実が沢山なった初秋、戦後の新しい生活をするために私は両親、兄弟と共に、強烈な体験をした村を出た。その後もその体験は私の人生観に大きな影響を与え、私は医者になるという志を曲げることはなかった。

フレップの実

大学は城下町の弘前へ行った。人見知りをする性格は青年になっても変わることがなく、ここでも初めは周りに溶け込むまでに時間がかかった。特に初めは津軽弁が難解で、ドイツ語のような言葉もあり、下宿のおばさんの言うことさえよく判らずに苦労したものだ。たとえば「マイネ　ハンデ」という津軽弁で否定を表す言葉があるが、「マイネ　ハンデ（meine hende）」とはドイツ語では「私の両手」という意味で、「ここは日本なのか」と本気で思うようなカルチャーショックから始まった。

医学部の同期生は五十五名であったが、もちろん見知った人は一人もなく、私はここでもまた孤独を感じていた。約六割は宮城県の有名進学校の出身で、年齢差も様々、趣味も様々、医学部であるにも関わらず画家志望の男や音楽家志望、小説家志望という者もいた。しかしながら大体は代々医師の家に育った者が多く、戦死した父の意志を継ぐためにという者も多かった。宮城訛りや津軽弁ががやがやと聞こえてくる教室の中で、なかなか話に加わろうとしない、できない私の心は淋しく、名医になろうと志高く、この古都へ奮起してきたというのに、少年時代のように皆の言葉がよく判らないという壁にぶち当たって、すっかり落ち込んでいた。

ひと月過ぎてもそのような状態で、そろそろ精神的に限界だと感じ、帰郷し来年他大学へ再受験しようかと考えていた頃、円形の黒縁にビール瓶の底のように屈折率の高いレンズの入った眼鏡をかけ、髪を前後左右同じ長さにきれいに振り分けた色白で背の高い男が目を伏し目がちに話し掛けてきた。「何処かで会ったことがあるような気がしませんか」彼の髪型をよく見ているうちに、私は苦汁を味わった東大の受験場の事を思い出した。私の前の席に座っていたのはこの髪型だった。「もしかして」話し始めようとすると、彼は先をきって「数学の対称式の問題はできましたか」と聞いてきた。私は「あのような問題は高校でも習っていないし、参考書でも見たことがなかったので解けませんでした」と少し残念そうに答えると、彼は「僕もできなかった」と言い、津軽弁ではない朴訥な標準語もどきの言いまわしで自己紹介を始めた。

彼の名は渋井民雄、弘前生まれの弘前育ちで地元の有名進学校出身で、東大のみを三度も受験したが実らずに仕方なく地元の中では難関の医学部を受験し入学してきたということであった。宅浪よりはましかと考えて入学したが、退屈でそろそろ辞めようかと考えているということだった。彼は私の事が気にかかっていたようで、帰りに家に寄らないかと誘いを受けた。接点のある人間に話し掛けられた安堵の気持ちもあり、その夜、彼の家に行った。

彼の家は、五十石町という岩木山に近い下町で江戸時代から続く造り酒屋であった。玄関を入ると裏まで続く広い土間があり、その裏よりの井戸の傍に立っていた品の良さそうな割烹着姿の老婦人が暖かく出迎えてくれた。招かれの手土産として下宿の近くの大坂屋という菓子店の羊羹を照れ臭そうに老婦人に差し出すと、「わいっは、めいわくだじゃ」と満面に笑みをたたえながら受け取ってくれたが、迷惑と言われたことに驚いて困惑した。その時は意味がわからなかったのだが、津軽弁では

「悪いわね」というようなニュアンスでよく使う表現なのである。

　土間から上がった居間には既にクラスメイトが三人来ていた。もちろん、既に顔馴染みにはなっていたが、改めてそれぞれの自己紹介をした。「渡辺研です。仙台一高出身です。よろしく」。柔和な感じの青年が眼鏡の奥のひとなつっこそうな目を細めて微笑んだ。また、坊主頭で年寄り臭い顔つきの色黒の青年は「清田清です。宮城県栗原郡築館町出身です」と言った。更に、端正な顔立ちに眼鏡の良く似合う青年が「鈴村隆です。仙台二高出身です」と続けた。私も「井川仁です。北海道帯広三条高出身です」とボサボサの頭を下げた。ホスト役の渋井が「まず、ビールでも飲みませんか」と始め、先程の老母が井戸で冷やしていたビールと枝豆を持ってきた。ビールは丁度良く冷えており、当時まだ飲みなれていない私もうまいと感じた。何より、皆満足そうな顔をしていたのが印象的であった。今夜初めて飲む連中と何となく気が合いそうだなと思った。

昭和三十一年当時の医学部は教養課程が二年で、そのカリキュラムは選択科目は自然科学、人文科学系より前後期二科目ずつ選択し、必修科目はドイツ語、英語が二年、更に物理、化学、生物があり、二年間で七十四単位を修得すると専門課程へ進級できたわけだが、毎年十名前後が専門課程へ進めず落第するのが常であった。ドイツ語を除けば内容は高校の延長で、真新しいものはなかったが、渋井が酔ううちにしたり顔で「医学書でも分担執筆という物があるのだから、ガイダンスで上手く時間を調整すれば、遊ぶ時間が増えるよ」と定期試験の替え玉受験の計画を持ち出した。心地よい酔いも手伝って皆その案に賛成し意気投合した。

その晩、我々はいろいろな話をし遅くまで語り合った。また、渋井とは読書という共通の趣味があることがわかり、彼の家の居間に山のように積まれた蔵書に私は心をときめかせ、その夜は彼に薦められたアメリカのコールドウェルの「巡回牧師」という作品を貸してもらった。私はそれまで日本文学では夏目漱石や森鴎外、外国文学ではアンドレ・ジイドの「デーミアン」等が愛読書で、愛の美しさや人生の切なさに感動を覚えるような文学を好んで読んでいたので、巡回牧師の内容は正にカルチャーショックであり、Adultsの心の成長に拒否反応を示すものであった。

私達は互いに良い刺激をうけあい、互いに略称で呼び合うまで余り時間はかからなかった。渋井のことをシブと呼んでいたが、我々は陰では彼の体型と出身地から「津軽の手長」とか「テナガザル」とか、ふざけて愛情を込めて言っていた。シブは、信じられない程の音痴で、小学校以来まともに歌を歌ったことがないという一方で、音楽鑑賞は好きで、歌曲に極めて詳しいだけでなく、クラシック音楽に精通し、特にモーツァルトが大好きでよく話題にしていた。

定期試験は分担して替え玉受験することに皆同意していたので、自分の担当に必要な科目の授業だけ受けると、毎日喫茶店に集まるのが我々の日課になっていた。その喫茶店は当時の弘前の街にはやや不釣合いなモダンな造りの蔦が絡まる洋館で、美味い珈琲が飲める場所であった。客層も文化人のような男女が多く、石坂洋次郎や奈良岡画伯の知人であるとか親戚であるとか、そういった人々が足しげく訪れていた。一歩外に出ると江戸時代からの小店という雪よけのアーケードに囲まれた街の中で別世界のような雰囲気をかもし出していた。更に五分位歩くと「ひまわり」というクラシック音楽専門のこじんまりとした喫茶店があり、我々の仲間はいつしか「ひまわり」へよく集まるようになっていった。

シブや「ひまわり」の影響で私も徐々にクラシック音楽に魅せられるようになり、特にメンデルスゾーンのようなロマン派の楽曲を聞くと、まだ見ぬ恋人を想い胸が苦しくなるような気がした。妹二人が日舞をやっていたことで三味線の音にはよく慣れていたせいか弦楽器の響きが特に心地よかった。

我々の話題は常に文学やクラシック音楽など高尚なものであったわけではなく、やはり大体は大学のことや授業のことが多かったが特に大学に入ってから学ぶドイツ語に関することが多かった。

クラスメイトの武川は宮城県出身の産婦人科医の息子で跡取として期待されて入学した男だ。授業態度もすこぶる真面目であったが彼はドイツ語の授業になると苦手意識が強いのか極度の緊張のため、時々大きなミスをしてクラスの人気者となった。ドイツ語の教官は二人いて読本と文法の授業に分かれていた。読本の教授、通称バクの授業での事、バクのドイツ語は正しいのかもしれないが、日本語はひどい津軽訛りで（最もシブに言わせればドイツ語も訛っているというのだが）我々は皆ノートを取るにも苦労した。ある日の授業で、バクは「名簿に補欠者は載っていないはんで、立って名前をいえじゃ！」と言い、七人のクラスメイトが少しばつ悪そうに立つと一人一人出身校と名前を申し出た。バクは「わの東北大の同級生に武川太郎というのがいたが、おめえの親だか？」と武川に尋ねた。（バクの本職は細菌学の教授である）武川は額に汗して「わかりません」と、かぼそく答えた。「まあいい。せば、おめえ読んでみなか」とバクが武川にリーディングを指名した。武川は緊張しながら5mark geben sieと書かれた文章を「ゴマルク　ゲーベン　ジー」と読んだ。短気なバクは飛び上がって怒った。「ゴは日本語だじゃな。おめえだっきゃ専門課程に入れてやんないきゃ」と言い「せば次の文章を日本語に訳してみなか」と聞いた。武川は青ざめて「あの、まだ予習していません」と答えた。呆れたバクは「ちみい（君）、ミルクを飲むとかいてあるだじゃ、ちみいは何で飲むんだっきゃ」と聞いた。周りからクラスメイトが「コップ、コップ」と答えを囁き、助け舟を出していたが極度の緊張状態の武川の耳には届かず、暫く考えた武川は「ストローでのみます」と答えた。クラスは爆笑の渦に包まれた。手塚治の漫画の御茶ノ水博士に眼鏡をかけたような風貌のバクは憤慨し、授業を切り上げて教室を出ていってしまった。

さらにその日の午後の授業はドイツ語の文法であったがここでもまたハプニングがあった。文法の教授は通称ジャンプと呼ばれる旧制高校からの教授でドイツ音楽にも造詣の深い教授であった。彼は特にベートーヴェンが大好きで、バッハやモーツァルトやブラームスにはベートーヴェン程の芸術性は無いと語るパラノイア的哲学感を持っていたが、授業中、興がのるとシューベルトの魔王を綺麗なバスで歌うという言動とは異なる支離滅裂な面もあった。このジャンプの授業中に渡川が大チョンボをやらかした。ジャンプの授業ではドイツ語を英語に訳し、更にそれを日本語に訳すという方針をとっていたが、渡川にdas Sprichwortという単語があたり「英語ではProverbです」と答えた所までは良かったのだが、日本語の訳の諺という漢字が読めずに「〝ひこ〟です」と言ってしまったのだ。またクラス中が爆笑に包まれ、ジャンプもまた授業を中断して帰ってしまった。

その日のひまわりでの話題はこれらの珍事件でもちきりであったが、なんとなく硬い感じであったクラスのムードがほぐれた事は確かであった。しかも武川曰く「俺はマスターベーションのかきすぎで授業中目まいはするし、それでも止められないのは病気のせいかもしれない」などとおどけて言っていた。それを聞いたシブは「あのなあ、猿にマスを教えると、死ぬまでかきつづけるらしい。もしかしたら間違いで医学部に入ったのかもしれないし、どうせ補欠なんだから今のうちに辞めたら」と言うと武川は傷ついたらしくゴクリと珈琲を飲み干して店を出ていった。武川はジョークで授業中の失敗をフォローし、シブもまたジョークのつもりで返答したのだが、この会話にはそれぞれの性格が現れている。渡川は武川が店を出た後「シブ、ちょっと言いすぎだっちゃ」と仙台訛りを入れて場をつくろい、「そろそろクラスコンパをやるべっちゃ」と提案した。

クラス会の場所は渡川の仙台一高の同期生で今は先輩である松川さん

と相談して安くて騒げる場所を探してきた。かくはデパートから北へ行くと映画館とダンスホールを兼ねた劇場の隣にあるフルーツパーラーの二階の店を貸しきった。会費五百円也。会の渉外、進行は経験豊富な渡川に一任し、会計はクラス一のダンディと自称する盛岡一高出身の上山信に任せた。会は渡川が美しき天然のメロディーをBGMにスキップしながら登場し、例の柔和な眼鏡の奥の瞳に微笑みをたたえながら二十畳程の部屋にコの字型に座ったクラスメイトに自己紹介を勧めた。中程まで自己紹介が進んだ辺りで「沖縄出身の珍念です。官費留学生です。よろしく。えー、雪が見たくて弘前を選びました。それからお城が気に入りました」と挨拶した青年がいた。するとシブが突然離れた所から「珍念君、沖縄では座ったまま挨拶するのですか」と声をかけた。シブのジョークだ。珍念君は顔を赤らめて恥ずかしそうに「僕の身長は四尺八寸しかありません。立って喋ったんですが」と言うとシブはビール瓶の底のような厚い眼鏡のレンズを拭きながら例の真面目そうな顔で「ごめんなさい。私近眼で見えないんですよ」と詫びたので皆の間には寧ろ珍念君の留学をクラスみんなで支えていこうという共通の意識が生まれ、大きな拍手と激励の歓声が飛び交った。

このクラスコンパには一人の欠席もなくクラス全員が出席した。渡川の名幹事のお陰で一人に三百六十ｃｃのウイスキーが一本ずつ付いた。

宴たけなわな頃には歌も飛び出したりしたが、その中でも「匂い優しい白百合よ」で始まる北上川旅情の唄に感動を覚え、歌詞を教えてもらいながら何度も抒情詩の美しさをかみしめた。音痴のシブも音程を外しながらも覚えようと一生懸命なのが「いとおかし」という雰囲気であった。珍念君は歌は不得意だと照れながら「タンチャメ」という沖縄民謡を酔いにまかせて踊りながら唄い、拍手喝采を浴びた。ダンディ上山は「Over the rainbow」を素晴らしいバリトンでお洒落に歌い、才能のあるところを見せた。

更に酔いが進むと、それぞれ酒癖なるものが出てきて説教魔、泣き上戸、怒り上戸、便所上戸等様々で盛り上がっていった。

便所上戸については説明を要するものだが、シブが酔いすぎて「俺は人間失格だ」と路上に出て叫び、太宰治のようなペシミストの顔つきで涙を流し路上で大便をしたのである。通りがかったタクシーの運転手に見つかり叱られたが、少しも慌てることなく「俺は痔の手術で肛門挙筋に障害がでたためウンチは我慢できないだ。叱るんならここに便所を作ってくれちゃ」と仙台弁をまねてタンカをきったのが便所上戸の語源である。もちろん痔の手術なんてしていない。この話は後にシブが土手町でウンチをしたためにバスが三台止まったという逸話にまで発展した。

クラスコンパが終わり、この地にも慣れてきた頃、弘前は本州で最も遅い桜の季節を迎えていた。残雪をたたえた岩木山は晴れた日には美しく堂々と聳え、満開の桜と相俟って津軽に住む人々に春の訪れの喜びを伝えていた。

その頃生物では解剖学の授業が始まった。二、三の動物の解剖の後、シャコという津軽ではガサエビという甲殻類の解剖があった。シブは「これは食うものだっきゃ。弘前の観桜会では必ず毛蟹とガサエビを食うことになっているはんで、誰か一人が解剖して残りは今晩煮て食うべ」と提案し、私達はニヤニヤしながらシャコを紙袋に集め始めた。

その夜、ゆでたガサエビと濁酒二升を持って、シブ、鈴村、上山、古田と共に藤村教授宅を訪ねた。

藤村教授は英語の教授で、詩人のような雰囲気のみならず、実際に欧米の詩や文学作品に大変造詣が深く、我々は藤村教授の授業中、中庭の新緑を眺めながら教授の美しい発音で読まれる文学作品を聞きながら、しばし現世の憂さを忘れるような心地よさを味わっていた。

教授は我々の訪問を快く迎え入れ、アメリカ留学時代の話や愛についての話をし、酔うほどに愛と性について語り出した。「SEXなど今の年になれば小便をするようなものだよ」と話した時にはロマンチストの古田は愕然として少々唸りながら「SEXを小便に例えるなんておぞましい。私など美しい娘さんが小便したり、大便することとさえ想像できないというのに。そんな話を聞くと失望してしまいます」とうなだれるのを見て、教授は「若くて純真なのは羨ましいが、古田君のような考えはいずれ人生を経るごとに変わってゆくし、SEX自体は遺伝子を残したいという本

恐縮ですが
切手を貼っ
てお出しく
ださい

1 1 2-0 0 0 4

東京都文京区
後楽2－23－12
(株) 文芸社
ご愛読者カード係行

書　名				
お買上 書店名	都道府県　　市区郡　　書店			
ふりがな お名前			明治 大正 昭和　年生　歳	
ふりがな ご住所	□□□-□□□□			性別 男・女
お電話 番　号	（ブックサービスの際、必要）	ご職業		

お買い求めの動機
1. 書店店頭で見て　2. 当社の目録を見て　3. 人にすすめられて
4. 新聞広告、雑誌記事、書評を見て（新聞、雑誌名　　　　　）

上の質問に 1. と答えられた方の直接的な動機
1. タイトルにひかれた　2. 著者　3. 目次　4. カバーデザイン　5. 帯　6. その他

ご講読新聞　　　新聞	ご講読雑誌

文芸社の本をお買い求めいただきありがとうございます。
この愛読者カードは今後の小社出版の企画およびイベント等の資料として役立たせていただきます。

本書についてのご意見、ご感想をお聞かせ下さい。

① 内容について

② カバー、タイトル、編集について

今後、出版する上でとりあげてほしいテーマを挙げて下さい。

最近読んでおもしろかった本をお聞かせ下さい。

お客様の研究成果やお考えを出版してみたいというお気持ちはありますか。

ある　　ない　　内容・テーマ（　　　　　　　　　　　　　）

「ある」場合、弊社の担当者から出版のご案内が必要ですか。

希望する　　希望しない

ご協力ありがとうございました。

〈ブックサービスのご案内〉

当社では、書籍の直接販売を料金着払いの宅急便サービスにて承っております。ご購入希望がございましたら下の欄に書名と冊数をお書きの上ご返送下さい。（送料1回380円）

ご注文書名	冊数	ご注文書名	冊数
	冊		冊
	冊		冊

能によるものだからね。但し、愛のないSEXは砂を噛むようなものだよ」と優しく諭した。女性にはそれなりに興味を持っていたが、女性と知り合う機会も余りなく、上山以外は皆童貞であった。

藤村教授宅からの帰り道に、鈴村の下宿へ寄ったが、そこで鈴村がパブロ・ピカソが若い頃に描いた女性器のデッサン集が載っている雑誌を取り出して見せた。それは、私にとっても他の仲間にとってもカルチャーショックだった。あんなグロテスクなものを持った女なるものに惚れたとか、まして奪い合うなど考えられないと一瞬思ってしまった程であるが、シブがしたり顔で「Shellというんだよ。特にアワビに似てるきゃ」とまるで見たことがあるかのように言うと、少し酔っていた渡川が「お前どこかい、弘前かい、大きな会では博覧会、小さな会ではしじみ貝、それでもやりたい似たり貝！」と意味不明の囃子を手拍子にのせて歌ったので何となく笑いが起こったが、その日からしばらくは私の脳裏からあのデッサンが消えずに、複雑な気持ちでいた。

後日、年上の渡川が「メッチェンと知り合うにはダンスがいい」とダンスのレッスンの提案をした。もちろん、反対する者はなく、特に古田は目を生き生きと輝かせた。

土曜日の午後、市内のドレスメーカーという洋裁学校にてダンスのレッスンが始まった。講師は専門課程の二年生で、学生とはいえ背広姿にダンスシューズを履き、軽快にステップを踏む姿は格好良く、羨ましい限りであった。渡川を始め数人のクラスメイトは既に経験済みで、私やシブ、鈴村、清田、古田は部屋の隅でフォックス・トロットなどのステップを床にチョークで書かれた印通りに先輩の指導の元、練習していると、それなりに綺麗に着飾った若い女性の一団が入ってきた。若い女性の甘美な香水の香りに一瞬めまいを覚え、胸が高鳴った。清田は例の滑稽そうな顔つきで盛んに獲物でも狙う野獣の如く辺りを見回していたが、純情でシャイな米村と古田は落ちつきなく伏し目がちに女性達を眺めていた。

彼女達は既にレッスンを経験済みで映画「第三の男」のテーマ曲が流れ、先輩達が「踊ってください」と声をかけると数組のカップルがチターの心地よい音楽に合わせて踊り始めた。我々は、渡川を除けば初体験なので、女性の前に出て「踊ってください」等と言う度胸がなく、部屋の隅でもじもじとしていると、ダンディ上山の所にロングヘアのスタイルの良い美女がやってきて「踊りません?」と声をかけた。その日の我々の服装は私と鈴村は背広にネクタイ、清田、米村、古田は学生服でシブは白いシャツにセーター、スラックス姿であったが、ダンディ上山は黒い長袖のシャツに純白のズボンを履いていた。ダンディ上山は「喜んで」と笑みをたたえながらホールの中程まで進むと手と手を取り合って踊り始めようとしたが、最初のステップが上手く踏み出せず、暫く彼女と抱き合ったまま足でリズムを取っているようであったが、意を決して曲に合わせて左足を大きく踏み出した。ところがステップの歩幅が余りにも大きすぎたために柔道の大外掛りのような状態になり、彼女は仰向けにドタンと倒れ、上山はバランスを崩してまともに彼女の上に倒れ掛かり、彼女のめくれたスカートの中身がピンクのパンティもろとも露出した。我々は「あっ」と驚きの声をあげたが、思いは皆それぞれであった。シブは「わきから毛がみえたっけきゃ」と面白そうに言い、ロマンチストの古田は「女性の足は美しいなあ」と感嘆し、米村はすぐに駆け寄って「大丈夫ですか」と育ちの良いフェミニスト振りを咄嗟に発揮した。私はふとピカソのデッサンを思い出してしまい、鈴村に「見えたか？　毛が」と聞くと、鼻でふふうと笑いながら「見えるわけないっちゃ。わきは大抵剃ってるっちゃ」といたずらっぽく言った。上山はばつが悪そうに立ちあがり、「ごめんごめん」と言いながら何度も頭を下げ、彼女は「わいはあ、まいったじゃ」と言いながら我々にウインクをして見せた。後で知ったことだが、彼女はミス・ミュンヘン・ハムなる地元では有名な美女であったのだ。

　せっかくのダンスレッスンだったが上山の失敗を見て我々はすっかり怖じ気づいてしまい、ホールの隅に固まっていた。手慣れている渡川は、軽快にステップを踏みつつ踊りながら我々の側までやってきて丁寧に挨拶をしてパートナーの彼女の手を離した。そして「踊らないと、レッスンにならないだろう」と得意げに鼻をピクピクさせたのを見て、シブは

「ナベ公は医学部に来る前、経済学部中退と言っていたが、本当はダンス部でないのか」とやっかんだ。私は意を決して、憂いを含んだ目をしている美しい少女のような女性に「お願いします」と声をかけてみた。その女性は「わ、初めてだはんで」と顔を赤らめ恥ずかしそうにしながらも私の前に一歩進み出た。生まれて初めて妹や母や叔母以外の女性の手に触れ、妙な緊張と興奮を覚えたが、さわやかな香水の匂いは心地良く、彼女の長い髪が鼻にかかりむず痒く、くしゃみをこらえて盛んに顔を左右に振るので「どしたの?」と彼女に不信がられてしまった。「何でもありません」と答えたものの、その間にさっき覚えたステップはすっかり忘れてしまった。案の状、曲が始まるやいなや彼女の足を踏んづけてしまった。「わいはあ、いてえじゃ」と彼女は言い、どうして良いか判らず「ごめんなさい」と謝ると「わも下手だはんで、かんにんの」

と思いやりを見せてくれてホッとした。彼女は、足の痛みよりも新品のパンプスに傷がついたのが気になったのか、ハンカチで何度も拭いたりしている姿がいじらしかった。

ダンディ上山は、その日ミス・ミュンヘン・ハムとデートの約束をしたらしいが、我々はシブに誘われてそれぞれの思いを胸に抱きながら「おばちゃん」なる屋台に行った。飲み物は「だく」という濁酒で琥珀色の少し酸味のある酒で、おでんと良く合ったが、飲みすぎると二日酔いなどという生易しいものではなく三日酔いする程の代物であった。その屋台には、小説家志望の青年や卒業を望まない学生浪人風の男達がよく溜まっており、カミュやサルトルのことを話題にしていたが、つきる所、女の話題が多く、特に赤線での話題は極めて新鮮に感じた。

その頃、屋台の主的存在だったのが大貫という函館の牧師の息子で文学部八年生であった。彼は音楽的才能に恵まれ、特に教会音楽に詳しく、大学の合唱団の指揮をしていた。彼がキャンパスを訪れるのは大体夕方、合唱の練習が始まる頃で、練習が終わると火・金以外は「おばちゃん」に行き、酒焼けした両頬を益々紅く染めてカミュの異邦人の動機なき殺人に感動を込めて語る姿は印象的であった。ここに集まる彼等の可愛さは、パリー祭には借金してでも飲み明かす事を信条としていた事で、もっとも金を借りられるのは質屋で、その質草もよれよれな背広や親が丹精込めて縫ってくれた布団だった。

文科の連中は「時は人類を腐敗させる」と称して、腕時計はとっくに質流れの憂き目にあっていた。しかも大貫から「君の声は天性のバスだ」と合唱団への入団を勧められた時には高校時代に音楽を選択していなかった事もあり、更に小学校の頃、音楽の先生から「お前の音程は狂っている」と言われ傷ついたことのある私はとても驚き、そして嬉しさを隠せなかった。私は長い間、みにくいアヒルの子のように、歌うということに対してインフォリオリティ・コンプレックスを持っていたものだった。

翌日、講義の帰り、音楽室の前を通るとロシア民謡や黒人霊歌や題名の知らない美しいハーモニーが聞こえ、鈴村と共に足を止めて耳を傾けた。数日後、二人で入団を決めに部屋に行くと、既に同期の加山やダンディ上山が入団していて、今練習している楽譜を渡してくれた。練習は楽しく、はりきっていた私のバスの響きと声量も団員の注目を浴びたが、一年上の高田虎太の才能にはかなわなかった。彼も大貫と同じで大学の音楽室経由、例の居酒屋行きが日課で、文学論には耳を傾けているだけで突然例の凄いバスでディック・ミネのダイナなどをワンフレーズ歌い、又静かに飲みつづけていた。

コーラスのハーモニーは聴衆となるよりメンバーの方が俄然面白く、特にトップテナーの良い時にはバスのメンバーが恍惚に近い快感を味わうのが常だったので、アルカデルトのアヴェマリアやモーツァルトのレクイエムや、バビロン・フォーリングがよく合った。女性には興味津津ながら学生生活のそれ以外での楽しさを知るにつれ、この街や東北の人々の人間臭さに少しずつ惹かれていった。

その頃、何時の間にか私の部屋は皆の溜まり場になっていた。それは、多分毎月母がでんろく豆とか様々なお菓子を送ってくれていたため、常に食い物があったからであろう。渡川は赤線での経験が主であったが、上山と体位について話すのを聞くだけで我々には未知の世界で想像も生易しいものではなかった。

私はその後、合唱に熱を入れる一方、アタランテという詩の同人になったがシブと清田は麻雀荘に出入りするようになり、二人でサインを決めてイカサマをやり、勝った夜にはダクを買い、私の下宿に寄るのが常だった。とはいっても、サインがなかなか上手くいかず自分が勝ちたいという欲望もあり、いつも勝つとは限らなかった。ある夜、シブが怒った。

「俺の聴牌が韓国の大統領、李承晩だと言ったのに、何で他の人にふるのよ」と清田に言った。「李承晩ってどうゆう意味よ」と膨れっ面をして清田が反論すると、「おめえな、あれはイースーマンという名なんだよ」中国の主席は「毛沢東と書いて、マオツゥトンというんだよ」「教えたっきゃなあ」と仲間割れしたが、基本的には二人ともアダルトの心が発達していて私や鈴村とは異質であったが、大なり小なりの事件があると必ず私の部屋に来て報告するのが慣習となってきた。

そして八月初旬、大学の男性合唱団は創立十周年の記念にベートーヴェンの第九の合唱部分を演奏することになり、女性部員の募集をした。多くの女性が応募してきたが、その中に目鼻立ちのはっきりとした面長な英文科の女性がいた。彼女の名は、山川京子といった。見目麗しくスタイルも良かったが、服装は質素というより寧ろ貧乏な感じを受けたが、その美貌は抜きん出ていた。一目で彼女に魅せられてしまった私が、恐る恐るデートに誘うと、少し恥ずかしそうに頷いたのでほっとした。

初めてのデートは五重塔のある大円寺の夜宮であったが浴衣姿の彼女は一段と艶やかで、並んで歩くのが誇らしかった。そして、弘前のねぷた祭りの夜、当時はネプタの数も少なく今のような馬鹿騒ぎもなかったが、弘前のは殆ど扇形のネプタで特に裏側に描かれた送り絵という美人画が、夏の終わりの弱弱しい風と共に心地良く、人の心に恋心を吹き込むのに充分であった。送り絵を遠目に、初めての接吻をした。それは、心の底まで甘かった。

一方、鈴村、シブ、清田は彼女なるものはいなかったが、渡川は文学部の学生に惚れて、何度も交際を申し込んだが、なかなか進行せずに周囲の仲間も気をもんだが、気位が高く極めて扱いの難しい女性であった。

私には人生最高の夏が来た。帯広に帰っても毎日山川京子のことを思い夢を見、サルトルとボーヴォワールの恋について手紙に書き、正に熱病にかかったような状態で、これが恋というものかと思った。この切ない思いを誰に語ることもなく、ただ美しい風景を見ると彼女に見せたく、また美味しいものを食べると彼女にも食べさせたくなり、すべての物を共有したくなった。あれほど嫌がっていた弘前に一刻も早く帰りたがる私を、両親は不思議がり新しい背広や御馳走攻めにしたが、恋心の方が強く、他のものは何もいらなかった。

そして秋になった。春に出会った友人達との付き合いは日増しに深まっており、同じ場にいることが苦痛でないシブ、ナベ公、ダンディ、リユウちゃん、ゲンジンとは教室で会わなくとも夜は「おばちゃん」の所か、「ひまわり」か私の下宿の部屋で必ず会うことができたが、京子と会わないと足の裏についた米粒が取れないかのような不快感が残った。それでも例の友達には話せずイライラしていた。

そんな時、ダンディ上山が居酒屋には不似合いなシャンソンをほろ酔いながら歌うのを聞きドキッとした。それは「枯れ葉」というシャンソンの名曲であった。クラシックの荘厳なシンフォニーとは違って歌詞も洒落ていてメロディーも覚えやすく、たまらなく魅力的で耳に心地良かった。翌日書店に行き、シャンソンの楽譜付きの本を買うと、ダンディを先生に猛練習を始めた。その中でも特に気に入ったのは「ラ・メール」「レ・ガレリアン」「フル、フル」「マドモアゼル　ド　パリ」「モン　パ パ」等である。それらを空んじて濁酒を飲んではシャンソンを歌う我々を見て文学部の学生愚連隊どもは「レ　マルセイユ」を歌い、最後には自由と民主主義に関して口論となりアメリカ帝国主義とロシア共産主義の是非について夜を徹して誹謗しあい、最後には二日酔いだけが残るのであった。

しかし人間とはすべからく平等でなければならぬという考えは同じであったように思うが、おばちゃんの店に共産主義の手先の民青の連中と極左のブントの連中が紛れ込んでいるとは我々も知らなかった。中でも民青の幹部の太田は長髪で理知的な顔で極めて静かに小作人の悲哀や地主の横暴について具体例を挙げて話し、人間は生まれながらに平等でなければならないと話す姿は説得力があり、時々連れてくるモジリアニの描く女性に似た華奢な美人の看護学生の妹も純真そうでシブの心を奪った。その女性は啓子さんといった。しかし運命とは皮肉なもので、啓子さんは私に興味を示し「井川さん、明日ロシア民謡を歌う会でピクニックを計画しているのよ」と私を誘った。人間にはどうにもならない好き嫌いや好感を持つ持たないという理論的ではない感性があるが、啓子さんが私を誘ったのはシブより素朴であったためであった。結局はシブも一緒に行くことになったのだが、ロシア民謡を歌う会のピクニックは大変楽しかった。若い綺麗な女子学生がほとんどで男は私とシブを除けば数人であったのだ。特に私にとっては歌いやすく、アコーディオンの演奏に合わせて歌う、カチューシャやトロイカ、コザックの子守唄、コザックのエレジー、行商人、仲間達、は野原に響き渡り、健康なエロチシズムに我々を引き込んでいったが、仕事の歌やインターが何の意味を持っているのか理解したのは二、三年後のことである。

ピクニックの帰りの電車で、啓子さんは熱っぽく貧乏な農民のために一生を捧げたいと語り、私に盛んに同意を求めてきた。しかし私は、少年時代の思い出から、漠然と死から人を救うという理由で医学部へ来たのであって、それに思想が加味するような高尚な動機ではなかった。

シブは彼女に好感を持たれていないと感じたのか、「あの女は純情そうに見えて、俺達をオルグしようと考えているんだ」と私に言い、「気をつけたほうがいい、お前はすぐに人を信用するし、同情するし、人をだますことを知らないから」と忠告し、更に「彼らは共産党の下部組織に違いない」としたり顔で言い、自らの軽い失恋を納得させているようであった。

そうこうしているうちに大学では前期の試験が近づいていた。前もって相談していた替え玉受験がうまくいくかどうかが不安で、暫くは京子さん、啓子さんのことは忘れて数学・そして必修のドイツ語に身を入れて勉強しだした。試験もせまった九月初旬のジャンプの講義の時、その読本はベートーヴェンの「ハイリゲンシュタットの遺書」だったと思うが、ゲンジン清田にリーディングがあたった時、彼は得意になってBeethovenをベートーヴェンと読むと、ジャンプは飛び跳ねるように彼の側に寄り「ベートホーフェンと発音するのだよ、君」と注意した。ゲンジンは「それでは教授、Chopinと書いてチョピンと発音するのでしょうか」と丁寧に質問すると、「それはショパンだよ。彼はドイツ人ではないよ」とジャンプは怒り狂ったように叫んだ。シブは声を潜めて「余計なことを言わなければいいきゃ。だからまいねものを」と耳打ちした。

　そして、試験が始まり、分担執筆なる替え玉受験も順調に進み、最後の日にドイツ語の試験が始まって間もなく清田が学務課より呼び出された。「君の下宿の部屋が火事だからすぐに帰りなさい」と言われ、清田は答案もろくに書かずに青くなっていちもくさんに帰った。

　幸いボヤで済んだが、原因はヘビースモーカーのダンディ上山のタバコであった。前夜来、シブと三人で徹夜で試験勉強をし、火のついた吸殻ごと布団をたたみ、押し入れにいれたためであった。子供の頃から、布団は必ず折りたたむように躾られ、彼の習慣となっていた。当然ながら交番で始末書を書くはめになり、シブが同行したが我々仲間は心配で「ひまわり」で珈琲を飲みながら待っていた。とは言うものの、とりあえずは前期の試験が終わったという安堵感のためかブルノー・ワルターの演奏するモーツァルトやフルトベングラーのベートーヴェンが心地良く鈴村はウエイトレスの好子ちゃんの凹凸のあるプロフィルを黙々とデッサンしていた。

秋の夕日が弱々しく沈みかけた夕刻、やっと清田とシブが店に入ってきた。シブが事の経過を説明した。「まいったきゃ、たんだ若いポリ公に叱られたっきゃ」と憤然と我々に胸のつかえを吐き出すように話した。しかし、ダンディは自分の責任であるとよく知っていたので、今後のことを心配していたが、暫くは学生寮が空いているのでそこに荷物を移すことにした。と、ひととおり話した所でシブがオーバーの内側から紅い牡丹の描かれた綺麗な花瓶を出して「あまり頭にきたはんで、交番から持ってきた。あいつら、頭悪いはんで気づかないべ」と言った。絵心のある鈴村は、いい焼き物だと言いながら「今日の記念日というか、官僚からの戦利品というか。誰も花をくれない貧乏学生にとっては無用の長物だし、我々が持っているのも何だから好子ちゃんにプレゼントしよう」と提案した。かくして戦利品の花瓶は贈り物となった。もちろん好子ちゃんは事の成り行きを知らずに喜んだ。

前期の試験の結果は、清田のドイツ語を除けば分担執筆の成果は充分であったが、シブが体育の試験を落とした。体育の筆記試験の問題は「弘前市の糞尿処理について記せ」という問題であったが、ほとんど常識的に下水道で処理されつつあるのでそのようなことを書けばよかったのだが、彼の答えは「私は生まれながらの弘前市民ですが、自分で汲み取って投げております」と書いたために不合格となった。しかも教授が馬鹿にされたと息巻き、それに対してシブは出題に問題がありと反発し、例えば「衛生的な処理方法について記せ」となっていれば回答の内容も違ってくると答えたが体育教授と和解できずにクラス会とその教授との対立にまで発展した。その結果、教授ボイコット運動がクラス全員参加の上で決議され、私と鈴村が決議文を持って学長を訪れ、その主旨を伝えた。有名な植物学者でもある郡学長は、我々の抗議文を一読すると「君のクラスは、開校以来の優秀なクラスらしいが、notoriousでもあると聞いているよ」と言い、上品に「ふふ」と笑い、「つまらない事で突っ張らず、心理の探求をしたまえ」と言った。私と鈴村は、まかり間違えば退学も覚悟して精一杯突っ張って出かけたが、本当の学者というものの威厳、風格に打たれ、心配しながら待っていたクラスの皆にその経過を伝えると、それぞれの顔に安堵の表情が浮かぶのと同時に学者の偉大さが伝わっていくようであった。

前記の試験が終わって間もなく、学生運動が日増しに盛んになり、原水爆禁止のためのデモ行進が計画され、私は医学部代表の自治委員として自治会の会議に参加したが、民青とブントの連中の勢力争いで、民青の指導者は、あの「おばちゃん」の店の常連、太田で、ブントの旗頭は大滝という福島出身の顔見知りの理学部の学生であった。

私は米英核実験反対というスローガンは片手落ちで「米英ソ核実験反対」というスローガンでなければ医学部は参加しないと主張して以来、彼らの嫌がらせと暴力的迫害を受けるようになり、仲間の協力を得て正々堂々と勝負しようと申し出たが、彼ら卑怯者の耳にも心にも届かなかった。

特にブントの連中が尾行しているのは直ぐ判ったが私の部屋には必ず誰かが居候のごとく住み着いていたので安心ではあった。しかし徹夜麻雀をしている時がより安全であるという理由をつけて連日麻雀を行い、外出する際にはサングラスをかけて変装した。

そして、秋も深まったある夜、居酒屋で濁酒を飲んでいた時、鈴村が最近覚えたという「山男の歌」という歌を歌った。それを聞いていたシブが珍しく手拍子を打ちながら「今から岩木山に登ろうか」と言い出した。「もう十時だぞ」と渡川が反対したが、シブは「俺なあ、浪人していた時、夜中に登ると下界の嫌なこと忘れることができたんだ。井川行くべ」と私を促した。「よし、行こう」というと、居酒屋でおにぎりを作ってもらい、四人で酔っ払い運転の自転車で一路百沢を目指したが途中の坂のきつさは想像を絶するものであった。

百沢口より登って高清水で雪渓より流れ出た美味い水を飲みながら握り飯を食った時の美味さはこの世のものとは思われなかった。そして、雲海を突き破って御来光が顔を出した時に頂上に達した。四人の眼にはただ涙が出て暫くは無言であったが、シブが「人生は不可解なりと言って華厳の滝に飛び込んだ藤村操の気持ちがよくわかるな」と呟いた。そして「井川、おまえは医者になるために医学部に来たんだろう。何処の国が核実験をしようが、今のお前にはどうしようもできないきゃ。自治会の活動をやめて本来の道を行こうよ」と言った。私の脳裏には、お袋の甘酸っぱいフレップのジャムの味と京子の美しい笑顔が一瞬よぎった。それからは、本来の学生生活に戻り、コーラスにも再び熱中した。

東北地区大学芸術祭に津軽の童謡を集め、それを「津軽の旋律」として編集した木村繁先生の指導を受けながら特訓したが、津軽弁が相変わらず難しく閉口したが、メロディーは「もっこ」が私の心を打った。

そしてまた春がきて、夏がきてネプタの送り絵は去年とは違い、日毎に大人びていく京子と共に津軽の秋の始まりの少し淋しい風を肌で感じながら見ていた。

教養課程も終わりに近づき、それぞれが単位の計算をし、七十九単位に達していない者は慌て始めたが、清田はあのボヤ騒ぎでドイツ語の単位の分がどう工面しても足りず、専門課程への進級ができなかった。我々は戦友でも失うかのように失望したが、シブは、「人生は考えようで、一年遅れたことでおら達の本を使えば本代ただで卒業できるっきゃ」と笑いながら話したが、それはむしろ空虚に聞こえ、ゲンジンの慰めにはならなかった。

最初入学した中の八名が落第したが、専門課程の定員は六十名だったので編入試験を受けて十二名の仲間が入ってきた。彼らは三〜四浪が多く、妻帯者もいて社会人という感じであったが、それぞれに個性が強く、クラス全体としては焦点が定まらず個々に乱反射しているようであった。

専門課程に入って間もなく学友会主催で新入生歓迎のガーデンパーティが旧藤田別邸で開催された。洋館より入ると広い芝生が敷き詰められた洋風の庭園の中の池は華やかに噴水を吹き上げ、フォーマルな服装の教授たちが整然と椅子に座り相対して背広姿の先輩医学生が座り、その間の広い空間に我々が座り、コの字型となった。そして司会の先輩より新入生一人一人が紹介されたその後、教授一人一人が自分の専門と簡単な研究歴とその成果について話した。それぞれに学者としてプライドが高く内容は興味深く、中でも第二解剖学の水平敏知教授はアメリカより帰国したばかりで、教養課程の生物学で学んだミトコンドリアをマイトヒョンドリアと発音したのがキザではなく新鮮であった。臨床家としては松永藤雄教授は単身ながら日本内科学会で潰瘍性大腸炎に関して宿題報告を行った際の学問の困難さと診断学の新しいトピックスを熱っぽく語り、ここ弘前は正に学問をするのにふさわしいアルトハイデルベルヒに似た街であると説いた。第二病理学の臼淵教授は実験病理学の学問の面白さについて語り、特に弘前肉腫、臼淵肉腫に関する苦労話をした。最後に佐藤医学部長はアルコホールの人体に対する効用について学問的ジョークを交えて語り声高らかに乾杯をした。

いよいよ医師になるために医学を学ぶ時が来たのだと身の引き締まる思いがした。クラスの皆がそのような思いをしているように感じた専門課程の最初の勉強は解剖学であった。

人体解剖の前に骨の解剖学を学ぶが、小さな突起、穴、凹凸にも名前がついていて、それを全て覚えなければならず、実習は一体分の骨の入った箱より骨を取り出して解剖学の本を見比べながら確認をし、ラテン語で覚えていくものであった。例えば、鎖骨はos claviculaと進めていくが、その時シブが一人でやるより何人かで一緒にやった方が能率があがるよと提案した。しかし、骨の持ち出しは禁じられているので四人で分担して風呂敷に包んで持ち出し、私の下宿の部屋に一体分の骨を並べ麻雀をやりながら「この大きな穴は?」「Foramen magnum」というような要領で勉強した結果、皆無事に口答試問を通ることができた。後日骨を返しに実習室へ行くと鍵がかかっていて開かずに仕方なく、シブは「津軽藩の菩提寺の長勝寺の側に空き地があるので、そこに埋葬しよう」と提案したが、鈴村が「俺に任せろ」と啖呵をきった。鈴村は絵心があり、特にデッサンは素人のそれではなかった。解剖学の教授はその才能を知っていて、一体分のデッサンを彼に依頼していたので実習室の鍵を預かっていたのだった。かくして骨は埋葬を逃れ無事に実習室へと帰った。

夏休みが終わり、いよいよ人体解剖が始まった。それは正に医師の卵だけに許される特権であったが、解剖学教室の一番奥に死体置き場があり二つのコンクリートの風呂桶に厚さ十センチ程のかなり重い木材の蓋がおかれ、力一杯持ち上げると「ギー、バタン！」と鈍い音を出しながら蓋が開き、それぞれのプールに五十体の解剖用の死体がホルマリンに漬けられていた。死体のことをライへ、解剖用の台様のテーブルの事をテイッシュと言い一台のテイッシュに左右八名の学生が取り囲み、緊張状態の中で人体解剖が始まった。

頭部、胸部、腹部、四肢に分かれ八人で四体の解剖を行うが、皮膚の厚さに驚き血管の破格の多さは意外であった。一級上で合唱団の仲間である高田虎太は落第して一緒に人体解剖を始めたが、二日目より来なくなり、以後消息不明となった。海底トンネルの作業員として働いているという噂が風の便りに聞こえてきたのは、我々が医学部を卒業してからである。ライへの選択はそれぞれのグループにまかされていたが、プールの中のライへは硬直して無表情で、生前の生活の臭いを嗅ぎ取ることなどできなかったが、第一例目の解剖体は頚部の皮下に輪状の黒色の凝血が認められ死刑囚であることは明らかであった。丁度その頃、大江健三郎氏が「死者の奢り」という作品を文春に発表し、センセーションを巻き起こしていた。しかし、我々医学生はホルマリンと死臭に囲まれ、死者を物質として見つめ、人間の精神とか霊とかに思いを馳せることはなく、シブは「文科の連中はいいなあ、創作という想像だけで金を得ることもできるんだからなあ」とぼやくと、彼は「でも、あの作家は青臭いけれど天才的なものがあると思わないか」と言った。当時の私にはよくわからなかった。

専門課程に進むと、最初の二年間は基礎医学を学ぶが、それは解剖学、肉眼的な骨、人体の系統的解剖学と組織を主に顕微鏡的に学ぶ二つに分けられ、生理学、生化学、衛生学、公衆衛生学、薬理学、病理学、法医学を学ばなければならない。それぞれの学問は人間の知恵の凝縮されたもので、先輩の研究者達の偉大さを改めて知らしめるものであったが、その中でも法医学は赤石名探偵なる教授の自慢話が講義の主体で、全ての難事件が赤石名探偵の出馬によって解決をみるのだが、保存された死体はホルマリンやアルコール等の化学薬品を使用しなければ、その置かれた環境によってミイラ等になるが、津軽藩の殿様が菩提寺の側の墓より掘り出された時、皮膚は水水しく赤石教授はこれを第三死体と名づけ、その原因はきれいな地下水の中にほぼ無菌的に保存されたためと考えられると学会で発表され、新しい発見であったと人の良さそうな顔に照れ笑いを浮かべながら自慢げに話したのが印象的であった。それは、岩木山という神聖なる山からの恵みのおかげであろう。

専門でのほとんどの試験は口答試問形式で行われたが、いつも問題を起こすのはシブであった。医学部では伝統的に落とすということより救うことを優先していたので、wieder kommenと書き、ビーコンと言い、再受験を何度でも受けることができたが、生理学はシブと渡川の二人だけが落ちた。彼ら二人は昼飯を食い終わると、毎日、生理学教室を訪ね中村教授の口答試問を受けたが、ある日そろそろ基礎医学も終わり一部臨床医学の講義が始まった頃、「シブ、今日どうだった?」と聞くと「今日の問題はなあ、冷たい水を耳の中に入れるとどんな反応が現れるかと聞かれたんだよ」「それで、なんて答えたのよ」と聞くと、「単純だはんで、ビックリして目を回すと答えた」と言った。これは彼一流のギャグでニスタグムス（眼振）を起こすという正解を知りながら遊び心でついつい口から出てしまったようだが、ツックングと綽名された生理学の中村教授は、教授室の書棚からスコッチウイスキーのボトルを取り出して丸坊主の白髪頭をなでながら「君達、臨床の教授はなかなか難しい人もいるから、卒業させてくれないかもしれないよ」と諭すように話し、グラスにスコッチをついでくれたそうだ。更に「生理学の知識は臨床家になっても必ず役に立つものだよ。しっかり勉強したまえ」と言って彼らに単位をくれた。

そして揃って基礎医学を修得し、臨床に進むことができたが、臨床医学は講義の他にポリクリと称する実習があり、アルファベット順に七～八名ずつがグループを作り各科で勉強するものだが、聴診器、額帯鏡等の小道具の扱いも日毎に慣れてなんとなく医師らしくなってきた。そのグループで行動する日が増えるに従って、例の仲間と会う時間も少なくなってきた。

秋の雨が冷たいある夜、同宿の住人になっていた渡川と炬燵に入り、彼の家から送られた小鯵の干物を肴に酒を飲みながらポリクリの失敗談について種々話をしていた。「ジンちゃん須田川の話を聞いたか」渡川が言った。「いや、何のこと？」と聞き返すと「今日、産婦人科のポリクリでトラウベの聴診器でどんな音が聞こえるかとプロフェッサーに聞かれて、奴はオギャーオギャーと答えたそうだ」と言ったので、私は酒を吹き出すところだった。「まさか？　彼は八戸の大秀才で英語のセンスもあって、ピアノを弾く芸術家の要素もあって、それに彼の兄貴は日本で初めてパントミイームを演じた人だって、いつか自慢していたけどなあ。意外だな。そうそう、パントマイムというのは間違いでパントミイームと発音するのが正しいそうだよ」と私が言うと渡川は「彼は俺の一高の後輩で、最近バーの女にひっかかり、バーテンをやっていてほとんどポリクリにも出てないそうだ」「しかし考えられないなあ」と呟いて、その光景を想像して禿げ頭のギネ（婦人科の意味）という綽名の教授が頭から湯気を立てて怒っている姿に、栄養が髭とザーメンにしか回らないという須田川が自慢の髭を撫で撫で怒られている姿を想像して、腹が痛くなるほど笑っていた時、コンコンとドアをノックする音が聞こえた。

　ドアを開けると、ずぶ濡れになり、雨で眼鏡もずり落ちかかったシブが立っていた。私と渡川は驚いて「どうしたんだ」と、その異常な姿を見て聞いたが、シブは暫くは私が渡したタオルで体を拭きながら黙々と酒を飲んだ。酔うほどに体が温まったのか、頬を紅く染めて「わいはあ、寒かったじゃ」とぽつりと言って「大鰐まで行ってきたのさ」と続けた。「今日、ポリクリが終わって井川の所に寄ったら留守だったはんで、本屋に行って立ち読みしてたら水木洋子さんに会ったんだ。俺、前から彼女のことが好きだったんだ」「水木洋子！　ああ、理学部の顔色の悪い髪を長くしているＴＢ（結核）持ちみたいな子だな」と渡川が言うと、少し不愉快そうな顔をして「人の恋心というもんは、誰を好きになってもいいだろう」とシブは気色ばんだ。「それから、どうしたの」となだめるように聞くと「本屋を出た時は雨は降っていなかったので彼女の後をつけたんだ。彼女の家は大鰐なんだ。弘南電鉄に乗ってから雨が降り出して大鰐に着いたら土砂降りで、彼女が牡丹のような紅い綺麗な傘をさして歩く後ろ姿をみながらつけていき、家の前で傘を閉じた時に、渋井ですと言ったらビックリした顔をして家の中に入ってしまったんだ」

渡川が「そりゃあ、当たり前だちゃあ。シブの片思いだべちゃ、シブ、任しとけ。俺が彼女に話してみるはんで。それにしても彼女、びっくりしたべな」と私に相槌を求めながらうまそうに酒を飲んだ。

シブは今日の出来事を話したことによって心がやすまったのかポリクリの話題や将来の専攻について話し合ったが、ポリクリでは擬音の表現の難しさに皆苦労しており、しっくりこないことが多かった。特に心臓疾患の心雑音は外国の文献のそれも必ずしも説得力がないものもあり、例えば動物の鳴き声でも日本では豚はブーブーと表現され、アメリカではオインコーオインコーと表現されるように、ファロー四徴の心音は教官によってはザー・トンであったりブー・トンであったりしてまちまちであった。

渡川は既に専攻は決めていて、消化器外科の慎教授の教室に入るつもりだと言った。私はその頃、クローニンの小説を読み、特に「人生の途上にて」の影響か医師として恥ずかしくない知識と経験を与えてくれる教室を探していたが、シブもどこかとはきめていなかった。アダルトな彼は恋には幼稚であったが、彼一流のシニックというかギャグというか、それを受け止めてくれる理論的に優れた教授を既に決めていた。

次の日、渡川は水木洋子さんに会って、彼女が既に婚約者がいるということを知らされ、そのことをシブに告げると嵐が去った秋空の如くすがすがしい顔で「俺、時々狂うんだよ。精神分裂かもしれない」とぬかしやがった。

そして秋が深まった週末、情報交換を兼ねて酒を酌み交わしながら将来の夢について語っていた時、ゲンジン清田が久しぶりに姿を見せた。

「やあ、久しぶりだな。元気だったか。観桜会の時、おめえ金魚売りやってたっきゃな」とシブが声をかけると「一年間で四単位だけ取ればいいちゃ。暇だから雀荘に通ってたら、チンピラに頼まれて金魚売りのバイトをやったのしゃ。酒には不自由しないし、女にも不自由しないし、時々あいつらにドイツ語を教えてやると喜ぶんだ」と少し得意げに話し始めた。

シブは不快そうな顔をして「ゲンジン、おめえ学生の本分を忘れるようなことをするなよ。この間トリスバー・ボンに鈴村と行ったら、チンピラ風の若い男がサラリーマン風の中年の男に難癖をつけ、『この野郎！　コップフ　シュバッハだな』とぬかしているのを聞いて、誰が教えたのかなと不思議に思っていたんだけれど、犯人はおめえだったのか。マスターに聞いたら安田の虎とかいうワルだと言っていたぞ。大学に入ってからグレたんじゃ、親も泣くになけないぞ」といつしか説教を始めていた。

「ところで、今日は何か用事があったのか」と清田に尋ねると「俺、二週間前から微熱があって体がだるいんだ」と訴えた。シブは、「井川、ちょっと診察してみろよ」と私を促して壁にかかっていた聴診器を手渡した。初めての病院以外での医者の真似事であったので、緊張のために額に汗しながら清田の真正面に座った。清田も真面目な顔つきになって眼を閉じて神妙にしていた。内科のポリクリで教授がやっていた手順通り瞼結膜から診始め頚部の触診をしてリンパ腺の念珠状の腫張を認め、しかも不揃いで圧痛が顕著で、更に左背部に湿性のラ音を聴取するのは、医学生の耳にも充分であった。「これは、TBではないか、シブ?」と少し自信を持って聴診器を彼に渡した。続いてダンディ、鈴村、渡川、米村が聴診し、結論は一致していた。「今夜は暖かくして直ちに安静をとり、明日大学病院へ行くこと。この病気は肺以外の他臓器に波及すれば命に関わるぞ」真剣な眼差しでそう告げた私の言葉に、清田は神妙な顔つきで青ざめながら頷き下宿を後にした。

そして案の状、彼は翌日、北病棟と呼ばれる結核病棟に入院した。布団はシブの家よりダンディとシブがリヤカーで運び、私は下着を買い、鈴村と渡川はパジャマを調達し、米村は金を用意した。清田の家に米村が電話をし、母親が宮城県の築館町から取るものもとりあえず駆けつけた。それから一ヶ月間は面会謝絶の状態で排菌もあり、主治医の佐田先生から病状を聞くだけの毎日であった。

そして半年も過ぎようとする頃、雀荘の階段を上っていく清田を偶然見つけた。シブは「あの野郎、俺達にあれだけ心配をかけたのに、多分検温と食事の時間だけ神妙な顔をして寝ていて安静時間になると窓から外出してるんじゃないか？　よし明日面会に行ってみよう」と言ったので、私も「あのお袋さんが熱心に看病していたのに。少し説教でもしてやるか」と同意して、次の日、渡川、上山も誘い見舞いに行くと丁度回診の時間であった。主治医の佐田先生は「清田君、食欲はどうかね」と聴診をしながら尋ね「咳も痰も、もう随分少なくなったでしょう」と優しく聞いた。彼はおとなしそうな顔つきで「盗汗もなくなり、食欲はすごくあります」と答えた。そして佐田先生が打診をしようとすると、シブが、「先生、どんな音がするんですか」と突然声をかけた。「君達は医学部の学生だったね」と佐田先生は言いながら「湿性ラ音だよ」と親切に答えると、シブは「例えば、ジャラジャラとかチーチーとかポンポンとか聞こえませんか」と例の真面目そうな顔で質問した。佐田先生はシブの質問の意図を理解するすべもなく、少し言葉に詰まって「うーん、擬音の表現は難しいからね」と言って頭をかきながら病室を出ていった。

退院し、復学してからは清田は人が変わったかのように勉学に勤しんだ。周囲の我々が再発を心配して無理をさせないように気遣う程であった。

当時、国立大学の医学部では花の三年生と言って一年間は全く筆記試験がなく、幼稚園時代以来の嬉しい期間で、その開放感は素晴らしく、正にワンダフルと表現したいような日々が続いていた。しかし、その日々の中でポリクリを通して各科の臨床を学び、人体の不可思議さを教えられそれぞれが少しずつ医者の卵らしくなっていくのは、とても眩しく思えた。そして、自分の将来について現実味を帯びた理想を語るようになり、将来を共にするであろう理知的で上品で美しい伴侶の理想像について語る時は、友人達の目が一段と輝き、楽しいひとときであった。

そんな時鈴村は、「小学校時代に既に美しく、頭の良い女性を妻にするべきだ」というのが持論であったが、それはロリータ・コンプレックスからの発想ではなく、彼の育った家庭に起因するもののようであった。彼の父は戦前の台北医専の教授で内科医として、優秀なばかりではなく母親も妹達も極めて上品で、その立ち振る舞いは品の良い花の如くであり、彼は自分の父の方針を受けついだ女性観を持っているようであった。両親からの影響が強いことは、演奏旅行で仙台へ行った時に鈴村の両親にお会いしてよく理解できた。渡川は失恋した彼女を忘れがたく「外科医として大成した時には再びプロポーズするのだ」と熱く語り、ダンディ上山は具体的に「ロングヘアーの女性に愛着を感ずるなあ、しかし愛と結婚とは別だよ」と主張するのが常であった。シブはあの雨の夜の出来事以来、そんな話には加わらず、皆の話を聞きながら文藝春秋をめくり、「モーパッサンを読んだことがあるか？　女に真実味はないんだきゃ」と我々の理想をぶち壊すのが常であったが、私は自分の恋愛に密かに自信と熱情を感じていた。ただ口にするとエネルギーのベクトルが方向を失いそうで黙って聞いていることが多かった。更にシブは、純情な米村をつかまえて「トルストイはベートーヴェンのクロイツェルソナタを聞きながらマスターベーションをかいたそうだ。なぜだかわかるか？それはなあ、女の不浄さに比べクロイツェルソナタに神が与えてくれた子孫を残したいという聖なる行為を昇華させたかったんだっきゃ」と真面目な顔で話すと、渡川は「井川よ、シブの精神分裂は治療が必要だっちゃ。そったら馬鹿だこと、真に受けて米村や古田がデプレッションになったらどうすっきゃ」と私に同意を求めたが、答えようがなかった。当時はまだ、性行為は罪悪だという感覚が何処かにあったのは事実であった。

花の三年生はあっという間に過ぎて、地獄の四年生が来た。ポリクリのカリキュラムもスケジュールがきつくなり、十二月一日より卒業試験が三ヶ月に渡って行われた。一週間一科目ずつ行われたが、三名がその間に自殺をした。試験が終了した時、ほとんどの同級生は多かれ少なかれ精神的に異常をきたしていた。

私は、銭湯の湯船に入れなくなり、床屋が怖くなったが、それは湯船の底にカミソリの刃が沈んでいるように見えたり、床屋が髭を剃っている時、間違って喉を裂かれるのではないかと不安になったり、郵便ポストの赤い色に怯えたりもした。我々の仲間は、円形脱毛症になったり、チックが出たりしたが、困難を乗り越え、無事全員、梅の花が咲き誇る春に卒業した。

卒業後の進路については各々ほぼ決めていた。渡川は消化器外科を専攻することを誇らしげに語り、鈴村は東北大学付属抗酸菌研究所の大学院で胸部内科を専攻し、いずれ父親の診療所を継ぐつもりで、暇な時には油絵を描き、宮田重雄が目標だと語った。上山は現実的で「俺は皮膚科を専攻するけれど、人間の生死には深く関わることもなく、しかも開業の時には軟膏を塗る箆だけあればいいし入院も置かなければ夜も自由だし、楽だっきゃ」と彼らしい人生観を語った。

しかし、私とシブははっきりとした考えがまとまらず、私は漠然と胃癌の診断、特に早期胃癌の診断法に興味を抱き始めていたし、松永教授が提唱していた少量バリウムを使用したレリーフ像による診断法が画期的方法として医学的トピックスとして取り上げられていた状況もあって、弘前大学第一内科学教室への入局へ傾いていた。松永教授は大腸疾患、特に潰瘍性大腸炎の世界的権威者の一人で、幼少の頃、強烈な印象を受けた従兄弟の弘の死の病理的原因を学ぶのに好都合であると思えた。シブは「どの科にも興味がないけど、基礎医学も無駄な実験が多くて面倒だし、俺も悩むという程でもないども、何か楽して金貰える仕事がないかと考えていたども、ないっきゃ」と呟き込むように笑った。私はシブに尊敬と友情を込めて「先生は、頭が良いのだから、あまり解明されていない神経系統の疾患の勉強が適していると思うよ。例えば、ギラン・バレー症候群とかベーチェット病なんかも原因も治療法もないらしいよ」と彼の医学的興味をそそるように話すと、彼は「実はなあ、一内（第一内科）のポリクリの後で、松永教授に碁を打たないかと誘われたんだ。昼飯の賭けをしたのしゃあ」「それで、どうだった？」と興味を持って聞くと、「教授は日本棋院の五段だそうだ。強いのなんの、俺は無段だはんで」「何目置いたのしゃ、シブ」とナベ公が冗談めかして聞くと「置く訳ないきゃあ、危なく負ける所だった。その時なあ、自律神経の研究をしてみないかと入局を誘われたんだ」「それは面白そうだな、交感神経、福交感神経の興奮によって起こる現象は教科書的には充分記載されているけど、臨床的に興奮の度合いを測定するメジャーは、はっきりしたものはないようだな。その内にシブのサインとか現象とかいわれるものを発見するといいな」と私が希望的観測を述べると、米村が「眼科では対光反射なんかも自律神経の影響によるものだし。俺は父の後をついで眼科医になるけれど、街の人に愛される医者になるのが人生の目的さ」と純情な顔を赤らめて答えた。

そして一週間後に、私は卒業式と山川京子との婚約を控えていた午後、彼女は多量の鼻出血と高熱を訴えた。彼女の母は二、三日前より風邪気味であったと気を休めるように言ったが、医者の卵から雛にまで育っていた私は、彼女の頚部リンパ腺の腫張と胸骨部の叩打痛を見逃さなかった。私は冷静を装っていたが頭から血の気が引いていくのを初めて実感した。アメリカで血液学を学び帰国して間もない吉田助教授を訪ねた。先生は直ぐに骨髄穿刺の準備をして実施し、更に骨髄液を染色、検鏡してから静かな口調で「井川君、君の診断通りAML（急性骨髄性白血病）だよ。化学療法が効くと良いのだが、主治医は僕がやらせてもらうよ」と話した。

そして五日後、彼女の激しい出血傾向による多量の出血には、輸血による効果も虚しく二十一歳の生涯を閉じた。私が心より愛し、この人のためにと自分を高め学問に励み、互いに理解しあった女性だった。何より医学を通じて人類に貢献することを楽しみにしていた私を置いて彼女は旅立ってしまった。あの世とやらに。その境界を未だ私の頭脳で理解できないうちに。

友人達の慰めの言葉も私の耳には虚しく響き、神なるものがいるとすれば、それを恨み、運命の不運さを嘆いた。卒業式には出ず、魂の安らぎを求めて母と旅に出た。

いつの間にか、あの弘の死によって衝撃を受けた横間村の小学校のある、小高い丘の上に来ていた。三月下旬の北海道の日本海の波は荒々しく鉛色で、空の雲は厚く、雲の隙間からこぼれる日の光は波より昇華している如くで、弘の幼い顔と、女神のように神聖で美しい京子の顔が、ヘンデルのメサイヤのハレルヤの調べにのって天上に昇っていくかのように見えたのは、私の幻覚であったのだろうか。すっかり過疎化した村には数件の民家が海岸にへばりつくように残っているのみで、母の友人だった老婆が私達を招き入れ「何もないども」と言いながら、あの黒っぽいパンにフレップのジャムをつけて出してくれた。少年の頃味わったのと同じく甘酸っぱく、京子に話して聞かせた味であり、薬缶の湯気が年を感じさせずに立ち上がっていた。

フレップの実

2000年10月1日　初版第1刷発行

著　者　井川《いがわ》　仁《じん》
発行者　瓜谷綱延
発行所　株式会社文芸社
　　　　〒112-0004 東京都文京区後楽2－23－12
　　　　電話03-3814-1177（代表）
　　　　　　03-3814-2455（営業）
　　　　振替00190-8-728265

印刷所　株式会社平河工業社

乱丁・落丁本はお取り替えします。
ISBN4-8355-0749-5 C0093